Die Käsis

Heinz Strunk

Illustriert von vents137
und Typeholics

LAPPAN

DIE LIEBEN KÄSIS

Der Schweizer Käse **Madame I am Adam**, ein Onkel von Käselinchen, ist mehrfacher Weltmeister im Fädenziehen.

Käselinchen ist ein edler, in hauchdünner Himalaja-Luft gereifter Trüffel-Parmesan mit Qualitätsstempel und kostbarer Rinde.

DIE NICHT

Das popelnde Orakel sitzt tagaus, tagein auf seinem Schnodderplatz und lässt sich gegen eine geringe Gebühr (1 Mäusedollar) befragen. Es gibt wirklich nichts, was es nicht weiß.

Käs hingegen ist ein industriell gefertigter, einfacher Haushalts-, Koch- und Schnäppchenkäse: billig gefärbt, ohne Rinde, von schlechter Konsistenz und Haltbarkeit. Bei Hitze oder Kälte verformt er sich zu Wellblechkäse.

Die alte Eierscheese: Fluchtfahrzeug und treuer Begleiter der Käsis.

Fürst Alzheim ist Herrscher über das benachbarte Edelnussreich Macadamia.

DIE FIESEN KÄSIS

Beef Jezos, Chef der Schimmelkäse, ist mit diktatorischen Vollmachten ausgestattet. Als erster „ehrenwerter" Richter Beef Jezos hat er schon so manches Skandalurteil gefällt. Die Jezos bedingungslos ergebenen Schimmelkäse sind grundgemein, hinterhältig, missgünstig, ewig verdrossen. Einzig die Aussicht auf frisch zubereiteten Feigensenf kann sie aus ihren schlecht gelaunten Schneckenhäusern locken.

KÄSIS

Die Käsesticks benutzen ihre Zahnstocher wie pneumatische (Hyper-)Stelzen und erreichen so enorme Geschwindigkeiten. Gemeinsam mit den staubigen Käsecrackern, die von den Sticks als Jagd- bzw. Spürhunde eingesetzt werden, bilden sie eine Art Leibstandarte Beef Jezos.

Herr Gries und Frau Gram sind wie der andere Inselbewohner, Ali Baselfat mit seinem Geldsack, vor Ewigkeiten auf der Hallig Honig gestrandet. Sie setzen alles daran, ihm seinen Geldsack abzuluchsen.

DAS GROSSE KÄSFEST

Jeden Sommer wird im Käsiland das große Käsfest gefeiert, bei dem sämtliche Käsis singen, tanzen und fröhlich sind.

Wirklich alle Käsis sind dabei: Hartkäse, Weichkäse, fester und halbfester Schnittkäse, Camembert, Sauermilchkäse, Frischkäse, Schmelzkäse, Hüttenkäse, Quietschekäse, Mozzarella, Scheibletten, Feta, Cheddar, Kochkäse, Analog-, Ziegen-, Schafs- und Ofenkäse. Auch Käs und Käselinchen feiern mit. Im Käsiland herrscht ein strenges Kastensystem: Sowohl die hochwertigen Edelkäse als auch die billigen Haushaltskäse müssen unter ihresgleichen bleiben. So steht Käselinchen inmitten sündhaft teurer Schweizer Käsis und Mozzarellas, während Käs mit der Gesellschaft von Discountscheibletten, Kochkäse, Quietsche- und Ofenkäse vorliebnehmen muss.

Doch als sich zufällig Käs' und Käselinchens Blicke treffen, ist es um sie geschehen: Musik an, Welt aus. Von Emotionen infiziert, wagen sie, obwohl dies streng verboten ist, ein kleines Tänzchen. Gleich sind aller Kummer und Durst vergessen, und die Käsis, bis oben voll mit Flohmarktgefühlen, taumeln hinterrücks ins Glück.

DU HAST JA WOHL
NICHT MEHR ALLE KÄSILETTEN
AM ZAUN! SCHLUSS JETZT MIT
DEN KÄSIMATENTEN!

Einem der überall
patrouillierenden geheimen Schimmelkäsecops
(GESCHICOs) entgeht das verliebte Treiben nicht;
unter den entsetzten Blicken von Käselinchen
werden Käs sogleich Handschellen angelegt,

und er wird abgeführt.

DAS SCHMORGERICHT

Käs landet vor dem großen Schmorgericht unter dem Vorsitz
von Richter Beef Jezos, der nach nur wenigen Minuten
ein himmelschreiendes Unrechtsurteil fällt.

Wegen unangemessener Verbindung zu einem Premiumkäse
wird der Angeklagte zu zweihundert Jahren Mayo-Neese-Knast
verurteilt und zu einem Käseersatz-Reimport herabgestuft.
Eine Revision wird nicht zugelassen.
Die Verhackstückelung ist geschlossen.

Bitte erheben Sie sich!

„Ein gut gemeinter Rat, har har:
Mach es wie die Sonnenuhr,
zähl die heiteren Stunden nur,
har har."

Unverzüglich wird Käs in den Isolations- und Hochsicherheitsturm des berüchtigten Mayo-Neese-Knast verbracht, dem härtesten Knast des Käsilands. Käselinchen steht Tag und Nacht zu Füßen des Turms und vergießt bittere Tränen. Einziger Trost für Käs ist das zufällig in der Zelle vorgefundene Buch „Grundlos verstimmt – Memoiren eines Klaviers", immerhin ein käsigliches Lesevergnügen. In der Nachbarzelle sitzt ein 60-jähriger Schmelzkäse ein, der, obwohl er einen Käsevollautomaten geplündert hat, lediglich nach Jugendstrafrecht verurteilt wurde. Die willkürliche Begründung von Richter Jezos lautete: „Er ist doch innerlich noch so jung."
Trotzdem hat ihn die Isolationshaft ganz mürbe gemacht, und er spricht unaufhörlich und in großer Lautstärke in wirrem Goudawelsch vor sich hin:

„Ich brauch die Käse – die Originals.
Gib her die Käse – die Originals.
Bau ein die Käse – die Originals.
Schmeiß weg die Käse – aber nicht die Originals."

Bald ist Käs vom irren Gequatsche ganz mürbe. Und obwohl er den Mitgefangenen bittet, etwas leiser zu sprechen, setzt der seine Litanei in unveränderter Lautstärke fort:

„Kauf ab die Käse – die Originals.
Flansch unter die Käse – die Originals.
Bring hin die Käse – aber nur die Originals.
Gib rüber die Käse – die Original.
Reiß ab die Käse – aber nicht die Originals."

Wie soll man das nur 200 Jahre aushalten?

Nachdem Käselinchen ihrem Lieblingsonkel
Madam I am Adam, einem edlen Schweizer Käse
und mehrfachem Meister im Fädenziehen, ihr Leid geklagt hat,
bietet der, ohne mit der Wimper zu zucken, seine Hilfe an.
In stockfinsterer Nacht erklimmt er den schwindelerregend hohen,
spiegelglatten Hochsicherheitsturm, befreit Käs aus seinem Verlies
und seilt ihn an dünnen, aber sehr stabilen Fäden ab.

Unten sicher angekommen, wird Käs von Käselinchen in Empfang genommen, die alles für ihre Flucht vorbereitet hat. Stante pede springen sie in die mit laufendem Motor bereitstehende alte Eierscheese.

Die Scheese sieht zwar aus, als könne sie kein Wässerchen trüben, ist aber so schnell, dass man Angst davor hat, den Zündschlüssel umzudrehen. Die Eierscheese ist unendlich viel mehr als nur ein Vehikel, das von A nach B fährt; sie kann sprechen und denken und fühlen und würde ihr Scheesenleben für die Käsis geben.

Bahn frei, Kartoffelbrei!
Bald schon ist die alte
Eierscheese über alle Berge.
Sie holt alles aus ihren Pötten raus
und schmeißt dabei noch mit
frechen Sprüchen um sich.

Fährt man rückwärts an 'nen Baum
verkleinert sich der Kofferraum.

DER WELTRAUM

Die Scheese erzählt:
„Manchmal geht es einem als Käsi ja so, dass man ganz zerknirscht ist. Doch in solchen Situationen gibt es einen Trick, um sich aus diesem schwarzen Loch selbst wieder herauszuziehen. Man muss nur an das Weltall denken! Bei den riesenhaften Dimensionen des Alls werden die eigenen Probleme von allein ganz klein. Einmal um den ganzen Erdball. Ist schon fast unvorstellbar.

Nächste Stufe: Der Mond. Auf dem Mond ist die Luft so dünn, dass ein Käsi nur mit Sauerstoffgerät überleben kann. Ein ein Meter langer Kässchritt ist auf dem Mond sieben Meter. Außerdem wird ein Käsi auf dem Mond sieben Mal so alt. Weiter. Nächste Station: Die Sonne. Die Sonne ist unwahrscheinlich heiß und alt. Ein Käsi wird zu Fondue, bevor er verkohlt. Eine Eierscheese z. B. würde bei konstant 90 Käsemeilen pro Minute viele Jahre brauchen, um dort hinzukommen, vielleicht schafft sie es auch nie. Nächstes Planetensystem: wieder Sonne, Mond, Erde und was so dazugehört. Und das war es dann immer noch nicht. Wir kommen ans Eingemachte: Die Milchstraße. Die gesamte Milchstraße wiegt mehr als dreißig Millionen Tonnen. Dagegen ihr: drei und fünf Kilo Käsis mit euren kleinen Problemen. Beispiel: Was sollen wir heute bloß wieder essen? Nächste Stufe. Das All: Das gesamte All beinhaltet eine so große Anzahl von Milchstraßen, dass man die Zahl nicht aufschreiben kann, weil sie zu viele Nullen hat. Doch das Dollste kommt erst noch: Das All dehnt sich weiter aus, und zwar mit der höchsten Geschwindigkeit, die es gibt, nämlich der Lichtgeschwindigkeit. So wächst das Weltall jedes Jahr um viele Meter. An all diese Sachen sollte ein Käsi denken, wenn er wieder einmal knurrig ist. Dann wird er auf einmal ganz still und denkt nicht nur darüber nach, was es morgen wieder zum Essen gibt."

Der vor Wut kochende Beef Jezos befiehlt den Sticks, die Käsis zu jagen und einzufangen, koste es, was es wolle.

Eine erbarmungslose Hatz beginnt.

Während die Käsis friedlich in der Eierscheese träumen, preschen die Verfolger auf ihren pneumatischen Stelzen durch die stockdunkle Nacht.

Als die Käsis ihre Flucht am nächsten Morgen fortsetzen, ist ihnen Jezos' Elitetruppe bereits dicht auf den Fersen! Doch kurz bevor sie die Käsis eingeholt haben, erreicht die Scheese den von einer unermesslich tiefen Schlucht begrenzten Rand des Käsilands.

Die Eierscheese drückt aufs Gas, bis die Kolben zittern, beschleunigt auf Höchstgeschwindigkeit, nimmt Anlauf, überwindet die Schlucht …

Geschwindigkeitsbegrenzungen empfinde ich als persönliche Beleidigung.

… und landet sicher im Edelnussreich Macadamia.

Für die Käsesticks ist der Abgrund unüberwindbar, weil ihre Hyperstelzen nur für kurze Jumps ausgelegt sind. Schimpfend wie die Rohrspatzen, klettern sie über eine rostige Trittleiter hinunter ins Tal und auf der gegenüberliegenden Seite wieder hinauf. Die Käsis haben einen Riesenvorsprung herausgeholt!

Jetzt heißt es erst einmal durchatmen! Die Käsis reisen in gemächlichem Tempo durch Macadamia und machen es sich im potchenwarmen Käsino der Scheese gemütlich. Käselinchen hübscht sich nach der schweißtreibenden Flucht mithilfe ihres Körperkäsesets auf. Dank Bidylotion, Babypude, Äuglein crim, Zehi pflasta, Zahn pasti, Hairconditini und Ohristäbi ist sie bald schon wieder wie neu!

Käs: „Bei den Rosinen der Hölle, die Schimmelsticks sind ja mobil wie eine Wanderdüne, haha."

Käselinchen: „Du siehst ganz käsig aus."

Käs: „Mag sein. Eine Weintraube würde jetzt guttun."

Eierscheese: „Wisst ihr, worüber ich gerade nachgedacht habe?"

Käs & Käselinchen: „Nein."

Eierscheese: „Je mehr Käse, desto mehr Löcher. Je mehr Löcher, desto weniger Käse. Ergo: Je mehr Käse, desto weniger Käse."

Käs & Käselinchen: „Stimmt."

DIE ESELSBRÜCKE

ABENTEUER IN BRUNEI

Die Scheese erzählt: „Ich hatte als Fahrgast mal einen Hüttenkäse, der längere Zeit arbeitslos gewesen war. Er fand und fand keine neue Anstellung. Schließlich bewarb er sich auf eine geheimnisvolle Chiffreanzeige. Nur einige Tage später kam eine Antwort. Absender war Brunei, der unermesslich reiche Ölstaat.
Als der Hüttenkäse las, um was es ging, traf ihn geradewegs der Löffel: Die Bruneier spielen für ihr Leben gerne draußen in geselliger Runde Straßenschach. Und jetzt kommt's: Der Käsi sollte nebst Familie für 10000 Mäusedollar im Monat als lebende Schachfigur angeheuert werden. Dafür musste die Familie sich als Dame, Pferd, Springer usw. verkleidet von morgens bis abends von den Bruneiern übers Brett jagen lassen. Schrecklicher „Job". Er lehnte entrüstet ab. Doch die Bruneier hakten und hakten und hakten nach. Lange Zeit blieb er standhaft, aber als ihm wieder ein sicher geglaubter Arbeitsplatz vor der Nase weggeschnappt worden war, war er endgültig weichgeklopft. Er unterschrieb einen Zweijahresvertrag und zog mit Sack und Pack nach Brunei. Seine Frau wurde Läufer, er Turm und die Söhne Bauern. Ein trostloser Job. Nur die Rochade machte ihm hin und wieder etwas Spaß. Der Arbeitstag begann morgens um acht Uhr und endete kurz vor Sonnenuntergang gegen neunzehn Uhr. Alle zwei Stunden wurden ihnen fünfzehn Minuten Pause zugestanden. Unterhalten durften sie sich nicht, weil das die Bruneier vom Spiel abgelenkt hätte. Auf ihrem Brett standen Käsis aus aller Käse Länder, sodass sie sich vorkamen wie in der Fremdenlegion. Einmal sahen sie sogar den Sultan höchstpersönlich. Er hatte sich eine fahrbare Schneepiste bauen lassen, auf der er mit seinen Gespielinnen rodelte; und das bei fünfundvierzig Grad im Schatten! Nach Ablauf des Vertrages kehrten sie sofort nach Hause zurück. Immer wenn ich an diese verrückte Geschichte denke, überfällt mich ein wohliger Schauer."

Auf dem Discoschloss Head Nut tobt der Bär, genauer gesagt, die Mottoparty Pelze weg und Halligalli – sweatshirts full of sweat. Da die Zugbrücke zu schmal für die Scheese ist, muss sie vor der Schlossmauer warten.

Zur Unterhaltung des unablässig Nussbrand in sich hineinschüttenden Herrschers und Feierbiestes Fürst Alzheim (Schlachtruf: ALL RAVERS IN THE WORLD UNITE AND FIGHT AGAINST BOOGIE-WOOGIE!) haben sich die

Außerdem bin ich der Herausgeber der Zeitung „Reich & Duhn".

„Ich mach boing, du machst boing. Zusammen mach ma boing boing. Boing am Morgen, boing am Mittag und am Abend boing boing."

Untertanen zu einer Kopfnuss-Polonaise zusammengeschlossen. Während sie tanzen, verteilen sie gegenseitig Kopfnüsse und intonieren dabei den Ar-an-Brie-Track „BOING".

Im wilden Getümmel wird Käselinchen vom altersmilden Fantasten angegraben, einer zwielichtigen Mischung aus Sugardaddy und Flirty Dirty (Master of Dirt Flirt):

„Entschuldigung. Tauchst du deinen Finger kurz in meinen Kaffee? Es gibt hier leider keinen Zucker."

Käselinchen: „Der ist so alt, den kannst du Alicia Cheese erzählen."

Fantast: „Nun brich dir keine Lanze aus der Krone, und küss mich, ich bin ein Süßkoreaner."

Käselinchen: „Zwiebelst du noch sauber? Finger weg, sonst Finger weg!"

Zu sich selbst: „Also wirklich. Manch älterer Herr findet leichter einen neuen Hut als eine neue Frau."

ÜBERFALL AUF SCHLOSS HEAD NUT

Plötzlich bricht ein Höllenlärm aus: Die Käsesticks sind die Schlossmauern hochgekraxelt und crashen die Party. Ihre Stelzen haben sie wieder zu spitzen Kampfwerkzeugen umfunktioniert. Panik unter den eben noch fröhlich Feiernden! Body tumulto! Affentanz! Firlefanz!
Die Käsesticks schleudern ihre Speere auf die Partygäste und stoßen dabei markerschütternde Schlachtrufe aus:

BUMPI BAMPI SCHLONZI KONZI,
WIKI WAKI, LICKY LUCKY,
DUNKI BUNKI,
HONKIPONKI, TUNKI MUNKI,
KUSCHI MUSCHI,
PLAYKY SHAKY, TINSCHI MINSCHI,
CATCHY WATCHY, TINKY WINKY,
KÖNKI MÖNKI, UNGA BUNGA,
KUCKI NUCKI, HÖNKI TÖNKI,
KALKI SCHMALKI, PINKY WINKI,
HOPPER TOPPER,
PLONKI TONKI, WANKI PANKI,
MONGO BONGO, AGA LAGA,
RANKI SCHLANKI,
TRUNSCHI PUNSCHI,
ONKI SCHLONKI, MANTSCHI PLANTSCHI!

Im allgemeinen Chaos können
die Käsis durch eine
Geheimtür entkommen.
Sie hechten mit schönem Schwung
in die Eierscheese und sehen zu,
dass sie Land gewinnen.

Weiter geht die Fahrt durch Macadamia!
Die Scheese fragt: „Was versteht man unter
einem Käseabitur?"
Käs: „Ein Abitur, das wirklich jeder schafft."
Scheese: „Und was ist ein Käsemakler?
Käselinchen: „Ein Käsemakler verschafft Käsis Wohnungen,
ohne dafür auch nur einen Mäusedollar Provision zu verlangen."
Scheese: „Was steht in einem Käsetestament?"
Käs: „Wer einmal die ganzen Süßigkeiten bekommt."
Scheese: „Letzte Frage: Wie viel Geld muss man besitzen,
um Käsemillionär zu werden?"
Käselinchen: „Ungefähr 100 Mäusedollar."
Scheese: „Alle Fragen richtig beantwortet!
Versucht jetzt, ein wenig zu schlafen."
Käs: „Erst noch ein Kuss, aber dann ist Schluss,
weil der Käs ins Bettchen muss."
Käselinchen: „Sleep well in your klapprig Bettgestell."

In Klein Koppheister wird ein längerer Halt eingelegt, da die Eierscheese aufgrund fortschreitender Materialermüdung dringend in Revision muss.

Während die Scheese repariert wird, stärken sich die Käsis im Happi Happi Schnellimbiss. Die Gäste im benachbarten Romantic Cafe Olé sind eins alt Frau und ein Eunuch essen einen Käsekuch, und am Nebentisch sitzt ein Spesenritter, der Tantiementorte verspeist.

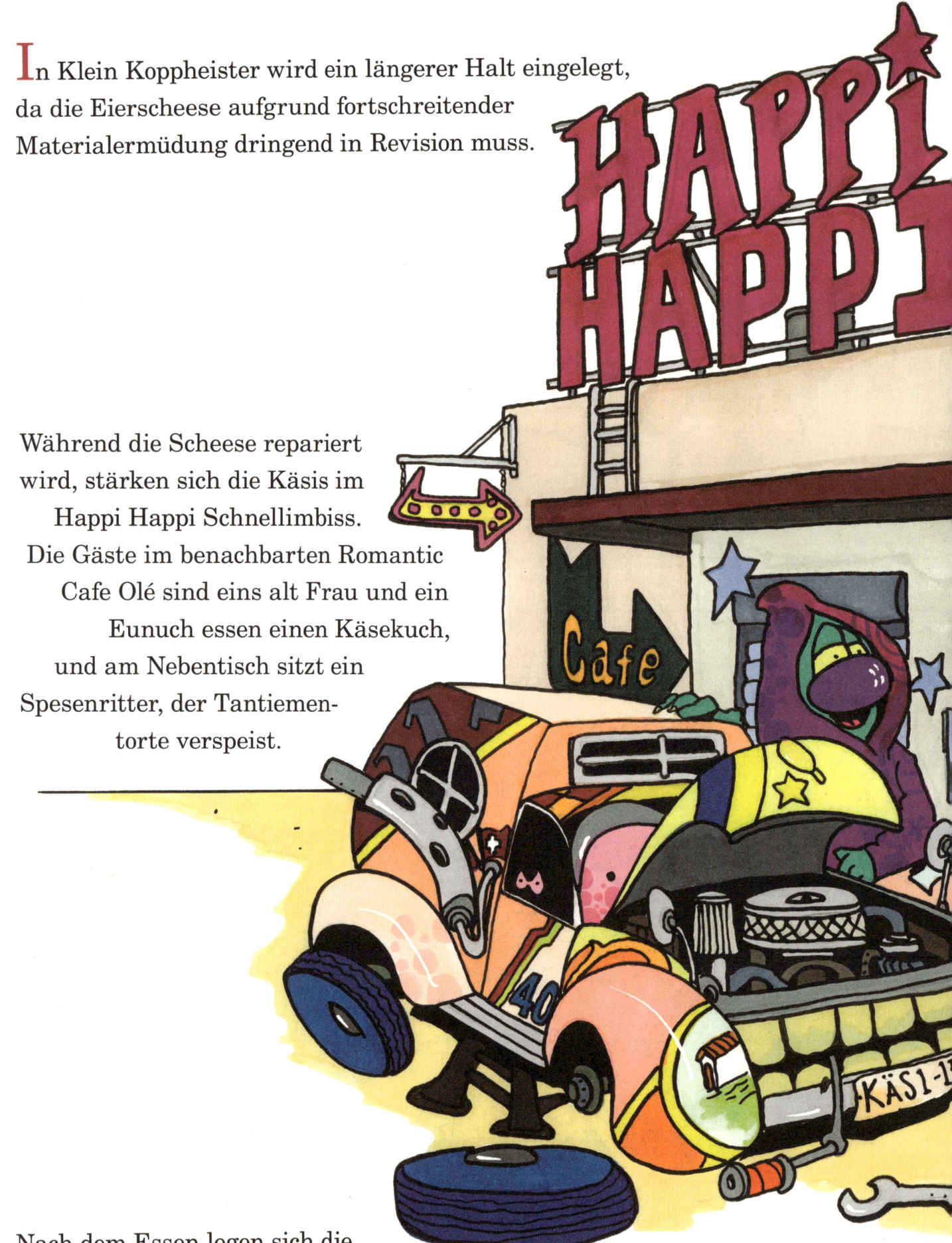

Nach dem Essen legen sich die Käsis in eine Schüssel mit Salzlake, um nicht auszutrocknen. Sie setzen sich eine Mütze voll Schlaf auf und lauschen einer weiteren Geschichte der Eierscheese.

CHEDDARSCHE FELDER

Die Scheese erzählt: „Ich möchte euch heute von den cheddarschen Feldern berichten. Zunächst ein paar Beispiele von seltsamen Vorfällen.

Beispiel Numero 1: Ein Sturm bläst. Von einer ganzen Batterie Goudawürfeln werden drei von Windböen umgeschmissen.
Die anderen Würfel stehen jedoch da wie aufgespießt. Zufall?

Beispiel Numero 2: Ein Frischkäse verrichtet wie jeden Tag seine Arbeit. Plötzlich löst sich aus der Deckenverankerung ein schweres Fondueset und zerquetscht den Käse. Warum ausgerechnet dieser Käsi? Zufall?

Beispiel Numero 3: Ein Quietschekäse hat eine Kiste Frischmilch gekauft. Wieder daheim, nimmt er eine x-beliebige Flasche, und plötzlich passiert's: Die Flasche explodiert, und er kommt mit Dellen und Löchern ins Käskrankenhaus. Warum ausgerechnet diese Flasche? Zufall?

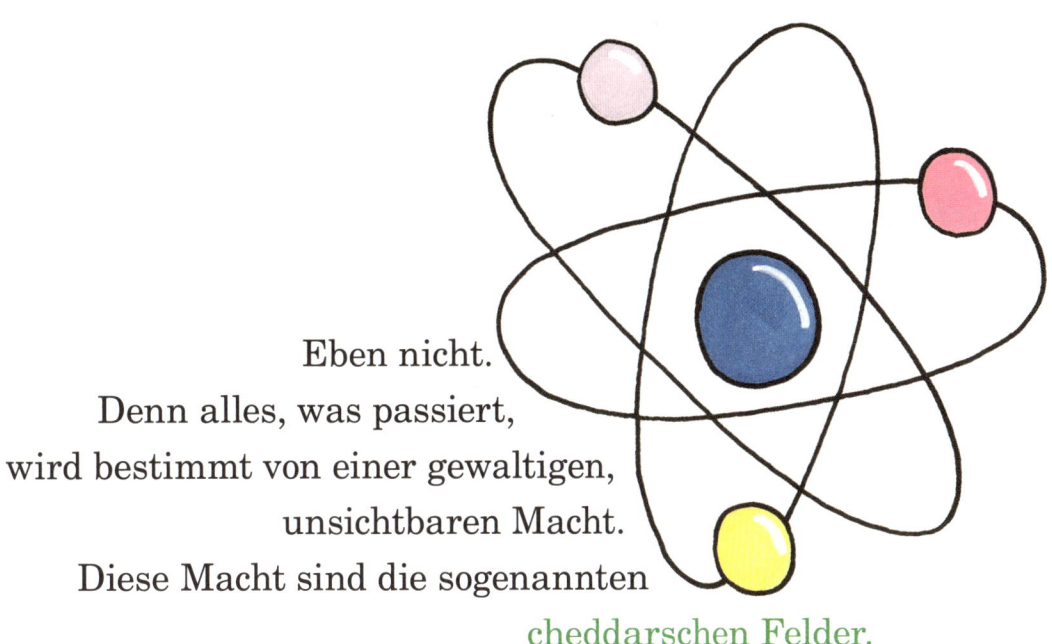

Eben nicht.
Denn alles, was passiert,
wird bestimmt von einer gewaltigen,
unsichtbaren Macht.
Diese Macht sind die sogenannten
cheddarschen Felder.

Alles um uns herum ist nämlich aufgeteilt in verschieden große Felder, worin sich die Atome in unterschiedlicher Größe aufhalten und so den Gang der Dinge bestimmen. Vor vielen Jahren entdeckte der Käsforscher Professor Cheddar diese Felder und wurde schon wenig später beseitigt, weil seine Erkenntnisse bestimmten Kräften – Beef Jezos Fragezeichen Ausrufezeichen Fragezeichen?!? – nicht in den Kram passten. Treue Anhänger haben die wenigen übrig gebliebenen Beweise außer Landes in Sicherheit gebracht. Leider konnten sie Cheddars Arbeit nicht fortführen, da wichtige Erkenntnisse fehlten, die nur der Professor selbst hatte. Schade. Jedoch, wenn manche Käsis jammern und grübeln, warum so und nicht anders, sollte man ganz still werden und nicht immer nur darüber nachdenken, was es morgen wieder zu essen gibt."

Die Käsesticks dicht auf den Fersen, erreichen die Käsis die brennend heiße und knochentrockene Wüste Gabi. Nach blitzschnellem Chancen- und Risiken-Abwägen entschließen sie sich dazu, die Durchquerung zu wagen.

Zunächst geht es gut voran, doch bald schon macht Käs die Hitze schwer zu schaffen: Seine Billigverarbeitung rächt sich, er wird rissig und droht auszutrocknen. Achtung, Danger, denn er nimmt bereits die Form von Wellblechkäse an! In höchster Not schneidet Käselinchen ein Stück ihrer Rinde ab, damit Käs zumindest seinen empfindlichen Kopf schützen kann. So wird erst einmal das Schlimmste verhindert. Im Schatten der Eierscheese legen sie alle naslang eine Pause ein.

Wer nun aber glaubt, die Sticks hätten die Verfolgung aufgegeben, ist schief gewickelt. Mit unverminderter Kraft voranpreschend, erreichen auch sie die Wüste. Doch sinken ihre Stelzen im feinen Sand tief ein, und sie verlieren merklich an Geschwindigkeit. Tja, mit angezogener Handbremse lässt sich der Turbo-Modus schlecht zünden! Eingedrückt und abgeknickt, zwischen halb acht und halbmast, kontaktieren sie über Käsphones Beef Jezos und schildern ihm die vertrackte Lage.

Jezos ist schwer genervt, weil er mit seinen engsten Vasallen in das gemeingefährliche Brettspiel SERIENMÖRDERKÄSI vertieft ist.
Ein Gesellschaftsspiel, bei dem einem schon bei der Anleitung die Haare zu Berge stehen:

SERIENMÖRDERKÄSI
– DAS EISKALTE SPIEL FÜR SKRUPELLOSE SPIELER MIT POKERFACE

Drei von vier Käsis sind harmlose Zeitgenossen,
der vierte aber ist der SERIENMÖRDERKÄSI.
Finde heraus, wer es ist. Doch Vorsicht, du könntest sein nächstes Opfer sein!
Erstelle als Erstes ein Täterprofil: Wie geht der Serienmörderkäsi vor?
Überzieht er seine Opfer mit einer Schimmelschicht,
um sie dann mit Feigensenf zu übergießen?
Schneidet er Löcher in seine Opfer, bis sie ganz porös werden?
Erhitzt er die Käsis, bis sie zerlaufen?
Schweißt er die Käsis in billiger Plastikfolie ein und überlässt sie anschließend ihrem Schicksal?
Oder fängt er sie, um sie auf dem Käseschwarzmarkt meistbietend zu verschachern?
Denn auf der ganzen Welt warten hungrige Kunden auf leckeren Käsenachschub.

Durch geschicktes Fragen, über versteckte Hinweise und mit ein bisschen Köpfchen kannst du unserem Serienmörderkäsi auf die Spur kommen. Mach es wie ein moderner Profiler, und treib den Täter Stück für Stück in die Enge! Aber Achtung: Jetzt kann es noch einmal brandgefährlich werden. Denn der Serienmörderkäsi nimmt all seine Kraft zusammen, um zurückzuschlagen. Wenn er nicht endgültig gestoppt wird, droht eine richtige Käserei!

SERIENMÖRDERKÄSI, DAS NICHT GANZ UNGEFÄHRLICHE SPIEL FÜR SPIELER OHNE JEDES GEWISSEN!

DIE OASE

Die Käsis trauen ihren Augen kaum:
Mitten in der Wüste
schält sich aus der flimmernden Hitze eine Oase.
Hier gibt es wirklich alles, was das Herz begehrt:
eine Tankstelle, eine Eisbude, einen Sprudelautomat
und sogar eine bestens ausgestattete Käsothek.
Eine Karawane bereits etwas älterer Tiere legt auf dem Weg
in den Ruhestand ebenfalls eine Rast ein:
Eine Ente geht in Rente, ein Elefant im
Ruhestand, ein Skorpion geht in Pension,
eine Tuba geht nach Kuba.
Die Scheese tankt bis zum Anschlag voll,
derweil sich die Käsis an
der Käsothek bedienen.

Obwohl sie in der Regel nur wenig Appetit haben, weil sie ja selbst Essen sind, schlagen sie sich nach der langen Zeit on the road die Mägen voll. Vor dem Essen waschen sie sich natürlich die Hände, und zwar genau so lange, wie es dauert, dass Lied Happy Birthday zu singen. Käs bevorzugt Torten in Lebensgröße, während Käselinchen, die Bammel vor Gammel hat, sich an Knabbereien aus aller Welt gütlich tut. Schmausig oder lausig? Auf jeden Fall macht Essen durstig! Macht nichts, hier ist es fast wie im Paradies, denn nicht nur frisches Sprudelwasser, sondern sogar ein Eiswürfelautomat stehen bereit.

Die Getränkeautomatenwärter sind ein etwas seltsam anmutendes Paar, die irgendwie an zwei Brüste erinnern: eine große, schöne, pralle und eine mickrige, hängende. Sie stellen sich dann auch vor als Appe Titti und Unappe Titti. Sie zapfen zwei extragroße Becher Sprudelwasser und wünschen den Käsis viel Glück und Erfolg für die weitere Reise.

Trotz unterirdisch schlechter Laune (weil er wieder mal verloren hat) leistet Beef Jezos Hilfestellung: Seiner Anleitung folgend, bauen die Sticks aus abgestorbenen Bäumen und verdorrter Vegetation Wüstenwind-Skateboards, mit denen sie in gewohnt hoher Geschwindigkeit durch die Einöde gleiten. Doch noch haben die Käsis einen kleinen Vorsprung!

Am Ende der Wüste tut sich ein riesiger Ozean auf.
Wie von Zauberhand verwandelt sich die Eierscheese in
ein Wasserfahrzeug und gleitet in die Fluten.
Wieder bleiben die Sticks, schlimme Flüche ausstoßend,
am Ufer zurück.

Ein paar Mutige versuchen,
der Scheese hinterherzuschwimmen,
gluckern aber in der unruhigen See weg.
Die an Land verbliebenen Sticks werden von großen
Augenhackvögeln traktiert, nicht wenige enden als
leckeres Käse-Lebendfutter für den
frisch geschlüpften Vogelnachwuchs.

Während der Fahrt ins Ungewisse unterhält die Eierscheese ihre Passagiere mit einer weiteren Geschichte:

DER MASCARPONE-PAPST

Die Scheese erzählt: „Im vorigen Jahr führte mich eine Sonderfahrt ins Örtchen Harzerhausen. Dort betreiben die drei Stinkekäsis Feta, Manchega und Padano einen sogenannten Mascarponehof, heißt, dass dort als alleiniges Produkt Mascarpone hergestellt wird. Manchega und Padano sind Zwillingskäsis. In Harzerhausen sind fast alle Käsis Mascarponebauern, das gibt es im ganzen Käsiland wohl kein zweites Mal. Niemand weiß genau, warum Mascarpone hier so gut schmeckt, das Geheimnis wird gehütet wie das Gold in Fort Knox. Manchega und Padano sind wortkarge Käsis. Alles an ihnen ist sehr groß, und sie sehen immer etwas schief und grob aus. Sie haben außer ihrem Arbeitszeug, der Mascarponekleidung, eigentlich nur Gummistiefel an. Nur für ganz seltene Anlässe ziehen sie ihre alten, braunen Anzüge an, aber sie verlassen Harzerhausen kaum. Jeden Tag kocht Feta für die riesigen, schweren Zwillinge Essen. Sie essen auch Haut, Knorpel und Sehnen mit. Im Herbst ist Erntezeit. Die Mascarponefelder liegen an einem geheimen Ort, den kein Fremder je zu Gesicht bekommen hat. Aber dafür haben sie mir einmal die der finalen Veredelung dienende Mascarponemaschine gezeigt. Ist die Spezialität in diesem letzten Arbeitsschritt verzehrfertig gemacht worden, wird sie zum sagenumwobenen Großbauern Big Käs Greyerzer gebracht, der in Harzerhausen nur ehrfürchtig ‚der Mascarponepapst' genannt wird. Er weiß mehr über Mascarpone als jeder andere Käsi, und ist sogar noch größer und schwerer als die Zwillinge. Wer weiß, vielleicht führt mich eine der nächsten Fahrten wieder dorthin, und Manchega und Padano zeigen mir dann doch die geheimen Mascarponefelder."

Nach einer entbehrungsreichen Woche auf See geschieht das, wovor sich die Käsis schon die ganze Zeit gefürchtet haben: Stürmische See, Salzwasser und ätzende Quallen haben der ohnehin schwer in Mitleidenschaft gezogenen Eierscheese derart zugesetzt, dass sie sich langsam, aber sicher in ihre Bestandteile aufzulösen beginnt.
Eine unvorstellbare Tragödie!
Die arme, treue Scheese!
Die Käsis verdrücken viele Tränen,
bevor sie auf den Scheesentrümmern
weiter durch den Ozean treiben.

Käs machen die harten Bedingungen auf hoher See
derart zu schaffen, dass er beinahe jede Nacht
von Fieberträumen geschüttelt wird:

Nackt aufgewacht in Wachs,
Riesenkerzen sind im Schlaf zerlaufen,
eingeweicht im wachsweichen Wachsbad.
Unwillkürlich knete ich
Wachs zu Kügelchen, zu Kugeln.
Nicht nachlassen, nie nachlassen, kneten, kneten, kneten
bevor das warme, weiche Wachs erkaltet.
Die wachsweiche Masse, Paste, Pampe, Klumpatsch.
Fantastisch weiches Kneten ohne Unterlass.
Taste meinen weichen, nackten Käse ab.
Wieg die Masse, spiel mit ihr.
Die Masse fließt wie Gallert, bis nichts Festes bleibt.
Nur wunderbar weiche Käsemasse, die zu ertasten Freude macht.
Warmes, weiches Käslein, Organismus ohne Festigkeit,
gleite mit frisch gewonnener Weichheit,
treff Schnecken, Würmer, Milben, Asseln.
Wachsweiche. unter losen Steinen nistende Biomasse.
herrlich dampfendes, warmes Leben.
Gedämpfte, feuchte, warme Masse
zerfließt, zergeht, pasteurisierte, lauwarme Paste.
Zersetze mich zu nahrhaft-weicher Masse,
vermatscht, verbreit, versetzt, verlaufen.
Kompost für vieltausend Getier.
Massenhafte Sättigung von Milliarden Organismen.
Werd selbst zur weichen, weißen Paste.
Die wachsweiche Masse, aus der ich einst bestand,
ernährt, von dem ich mich ein langes Leben lang ernährt hab.

Käselinchen ist in großer Sorge
und hält schützend ihre Rinde über ihn.

Endlich! Am Horizont kommt Land in Sicht!
Auf dem allerletzten Loch pfeifend, erreichen sie
die Hallig Honig,
ein winziges Eiland inmitten des Ozeans.

Die nur wenige Hundert Meter große Hallig wird von zwei verfeindeten Parteien bewohnt: auf der Nordseite die vor Ewigkeiten gestrandeten Herr Gries und Frau Gram. Vor Wut und Ärger darüber, dass sie partout nicht von der Hallig wegkommen, sind sie erst rot, dann grün, dann gelb angelaufen und wieder ausgelaufen. Mittlerweile ist auch das letzte Fitzelchen Farbe aus ihnen gewichen.

Auf der Südseite lebt der spleenige Ali Baselfat mit seinem Geldsack. Herr Gries und Frau Gram haben es auf Alis Geldsack abgesehen und versuchen auf jede erdenkliche Art und Weise, ihm den Sack abzuluchsen. Doch Ali, der alle Tricks und Kniffe seiner Widersacher kennt, lässt sich nicht so leicht übertölpeln! Tagein, tagaus sitzt er auf seinem Vermögen und rührt sich keinen Zentimeter vom Fleck. Da Ali in seiner Konzentration niemals nachlassen darf, gibt es bei ihm trotz Reichtum nur Aufbackbrötchen. Für die Käsis ist der Inselalltag schon bald zäh und langweilig. Um für etwas Abwechslung zu sorgen, bauen sie aus allem möglichen Krimskrams eine Bimmelbahn, mit der sie rund um die Hallig tuckern.

Doch immer nur im Kreis fahren ist auf Dauer nix. Als die Käsis an der Monotonie des Halliglebens einzugehen drohn, wird eine Flaschenpost mit alarmierenden Neuigkeiten angespült. Ein Hilferuf aus dem Käsiland: Beef Jezos hat die Revolte durchgezogen! Schimmelkäse, Roqueforts und der Oberflächenschimmelkäse Camembert haben unter seiner Führung die Herrschaft an sich gerissen und alle anderen Käse im Majo-Neese-Knast eingebuchtet oder unter Hausarrest gestellt. Auch die zweite Stufe von Jezos' Feldzug steht kurz vor der Zündung: Die Weltraumrakete, mit der er seine Herrschaft auf den Kosmos ausdehnen will, ist so gut wie fertig. Sein stinkend gemeiner Plan ist, alle bewohnten Planeten erst mit Schimmelsporen zu überziehen und sie dann unter seine Kontrolle zu bringen.

Eile ist geboten! Die Käsis basteln aus den Trümmern der Eierscheese und Teilen der Bimmelbahn einen Heiselupfelon und machen sich in eisigen Höhen auf die beschwerliche Rückreise. Mit an Bord ist leider auch ein kleiner, aber umso nervigerer blinder Passagier, nämlich eine winzige Bazille, der die Käsis während der gesamten Reise mit fiesen Spottgesängen überzieht.

Bin ein kleins Bazill, flatter an und keuch und fleuch.
Bring Hust und Schnupf und manches mehr,
z. B. die schlimme Käseseuch.
Bin ein kleins Bazill, befall auch deine Nieren,
zusammen mit mein Onkeln,
den schlecht gelaunten Viren.

Alles fängt ganz harmlos an, ich flatter an, ganz allein.
Klingle bei der Wirtskäs, doch freundlich bin ich nur zum Schein.
Sprech mit roten Käskörpers, sag: „Ich bin friedlich und allein."
Doch wenn sie denn schlafen gehen, lass ich mein Kollege rein.

Bin ein schlimms Bazill, dir geht's bald schlecht wie nie zuvor.
Kriegst Masern und die Käserei und ein Loch im Käseohr.
Bin ein bös Bazill, überzieh den Käs mit Schlieren.
Oft werd ich unterstützt von schlecht gelaunten Viren.

Bin ich in deinem Käse drin, vermehr ich mich ganz rasch.
Werd ganz dick und kugelrund, weil ich an der Wirtszell nasch.
Dann schwimm ich durch den Käs in jedes Organ.
Du machst hust und wirst krank, steckst auch noch ein Mitkäs an.

Bin ein bös Bazill und kenne keine Gnade.
Du liegst auf dem Sterbebett, sagst noch: „Schade, schade."
Liegst du dann im Grab, kann ich jubilieren,
mache ein groß Fest mit schlecht gelaunten Viren.

Zurück im Käsiland
    ist alles noch viel schlimmer
    als befürchtet!

Die Blauschimmel haben sich mit den ehemals verfeindeten Weißschimmeln und Rotschimmeln zu GIGASCHIMMELN zusammengerottet. Nur mit viel Glück und Geschick gelingt es den Käsis, in den hermetisch abgeriegelten Luftraum einzudringen.

Sämtliche Käsis schmachten grau, ausgehungert und halb zerlaufen im Majo-Neese-Knast oder sind, von elektronischen Fußfesseln überwacht, in ihren Behausungen zusammengepfercht. Das bunte Käsfest wurde durch das eklige Schimmelfest ersetzt, im ganzen Land sind Flaggen mit dem Konterfei von BEEF JEZOS gehisst. Auf dem „Platz des himmlischen Schimmels" wartet die abschussbereite Rakete auf den Startbefehl des Diktators!

Nur mit viel Glück und Geschick gelingt es den Käsis, in den hermetisch abgeriegelten Luftraum einzudringen.

Die Käsis landen im Schutz der Dunkelheit nahe der neu errichteten, gigantischen Feigensenffabrik, in der die Gigaschimmel ihre Leibspeise in rauen Mengen herstellen. Still und heimlich dringen die Käsis in die Fabrik ein ...

… und versetzen den Feigensenf mit essbarer Bio-Klebe.

Käs und Käselinchen wuchten die schweren Senfgläser auf den Feigensenftransporter und karjohlen die wertvolle Fracht in halsbrecherischer Fahrt an mehreren Kontrollpunkten vorbei zur Startrampe.

Sie schmieren den gesamten Innenraum der Rakete dick mit Feigensenf ein.
Als sie die Rakete verlassen, „vergessen" (haha) sie, die Tür zu schließen.
So kann der betörende Duft bis in die letzte Ecke des Käsilands dringen.
Die Falle ist gestellt!

Vom Feigengeruch angelockt, geben die Gigaschimmel ihren Verstand an der Garderobe ab. Sie drängen, jegliche Vorsichtsmaßnahmen außer Acht lassend, ins Innere der Rakete und stürzen sich aufs Festmahl. Der Klebe-Plan der Käsis scheint aufzugehen! Ein Gigaschimmel nach dem anderen bleibt am präparierten Senf kleben wie die Fliege am Honig. Auf den Radau aufmerksam geworden, kommt Beef Jezos in Chefmanier anstolziert, um nach dem Rechten zu schauen. Doch selbst er kann dem süßen Duft der Feige nicht widerstehen.

Von besinnungsloser Gier getrieben, stößt er alle im Weg stehenden Schimmelkäse zur Seite und schlingt die Leckerei gleich eimerweise in sich hinein. Bald ist er innerlich so vollgekleistert, zerbappt und verklumpt, dass er sich nicht mehr vom Fleck rühren kann und hilflos mit ansehen muss, wie Käs die Tür hinter ihm zuschlägt.

Nun ist es so weit, und
Käselinchen zündet die Rakete!
Der Countdown läuft:
 10, 9, 8, 7, 6, 5, 4, 3, 2, 1 …

Nachdem alle Gefangenen befreit sind, werden die Käsis auf dem Platz, der wieder in „Platz des himmlischen Käses" zurückbenannt wurde, getraut. Hoch am Himmel sieht man Beef Jezos, der, auf der Rakete reitend wie Kapitän Ahab auf dem weißen Wal (mit Harpune), auf Nimmerwiedersehen in den Untiefen des Weltalls entschwindet.

Endlich ist der Spuk vorbei, und Käs und Käselinchen feiern ihre Hochzeit bis in die frühen Morgenstunden mit einem tauschönen, romantischen Schnaps-Buffet. Fortan leben Käs und Käselinchen glücklich und zufrieden als freiwillig verbimselte Ehileute und schweben selig im siebten Käsihimmel.

Vents137 ist das Pseudonym eines Graffitikünstlers und Illustratoren aus Großbritannien. Sein charakteristischer Stil, seine Farben und Figuren sind geprägt von der psychedelischen Formensprache der 70er-Jahre. Gegenstände werden zu Lebewesen, Dinge bekommen eine Seele, und auf seinen Bildern gibt es jede Menge zu entdecken. Egal ob mit Sprühdose oder Marker gefertigt, seine immer analog gezeichneten Bilder sind voller großartiger Details. Mehr auf Instagram: vents137

Typeholics ist ein Designstudio mit Sitz in St. Pauli und in den unterschiedlichsten Disziplinen der Popkultur zu Hause. Typeholics verschönert Hauswände, Getränkeetiketten, Plattencover, macht Filmplakate und arbeitet mit Künstlern wie Fatih Akin, Jan Delay, die Ärzte, Rocko Schamoni und Heinz Strunk zusammen. Felix Schlüter, Gründer der Agentur, 1973 in Hamburg geboren, suchte nach einem besonderen Stil für die Käsis und konnte seinen Freund vents137 für das Projekt gewinnen. Zusammen mit ihm entwickelte er die Illustrationen der Käsis und gab dem Buch seine unverwechselbare Formsprache. Inspiriert hat beide dabei das Werk des großen Richard Scarry (1919–1994).

Heinz Strunk, 1962 in Hamburg geboren, ist Schriftsteller, Musiker und Schauspieler. Seine Bücher erreichten eine Gesamtauflage von 1,2 Millionen. Sein erster Roman „Fleisch ist mein Gemüse" wurde ebenso verfilmt wie „Der goldene Handschuh" von 2016. Sein letzter Roman „Ein Sommer in Niendorf" verkaufte sich 140.000 Mal. 2023 erscheint sein neues Buch „Der gelbe Elefant" mit Kurzgeschichten. Als Autor und Darsteller gibt er im Wandkalender „Maximize your life 2024!" Tipps für ein erfolgreiches Leben, und mit seiner TV-Serie „Last Exit Schinkenstraße" ist er bei Amazon Prime zu sehen.
„Die Käsis" ist sein erstes farbig illustriertes Buch.

1. Auflage 2023

– Originalausgabe –

© 2023 Lappan Verlag in der Carlsen Verlag GmbH,
Völckersstraße 14–20, 22765 Hamburg

ISBN 978-3-8303-3665-5

Alle Rechte vorbehalten. Das Werk darf – auch teilweise –
nur mit Genehmigung des Verlags wiedergegeben werden.

Text: Heinz Strunk

Illustrationen: vents137

Gestaltung und Art Direction: Typeholics – Felix Schlüter

Lektorat: Antje Haubner

Herstellung: Ulrike Boekhoff | Ralf Wagner

FOLGT UNS! facebook.com/lappanverlag
Instagram.com/lappanverlag
www.lappan.de
www.lappankalender.de

Der Heinz-Strunk-Kalender

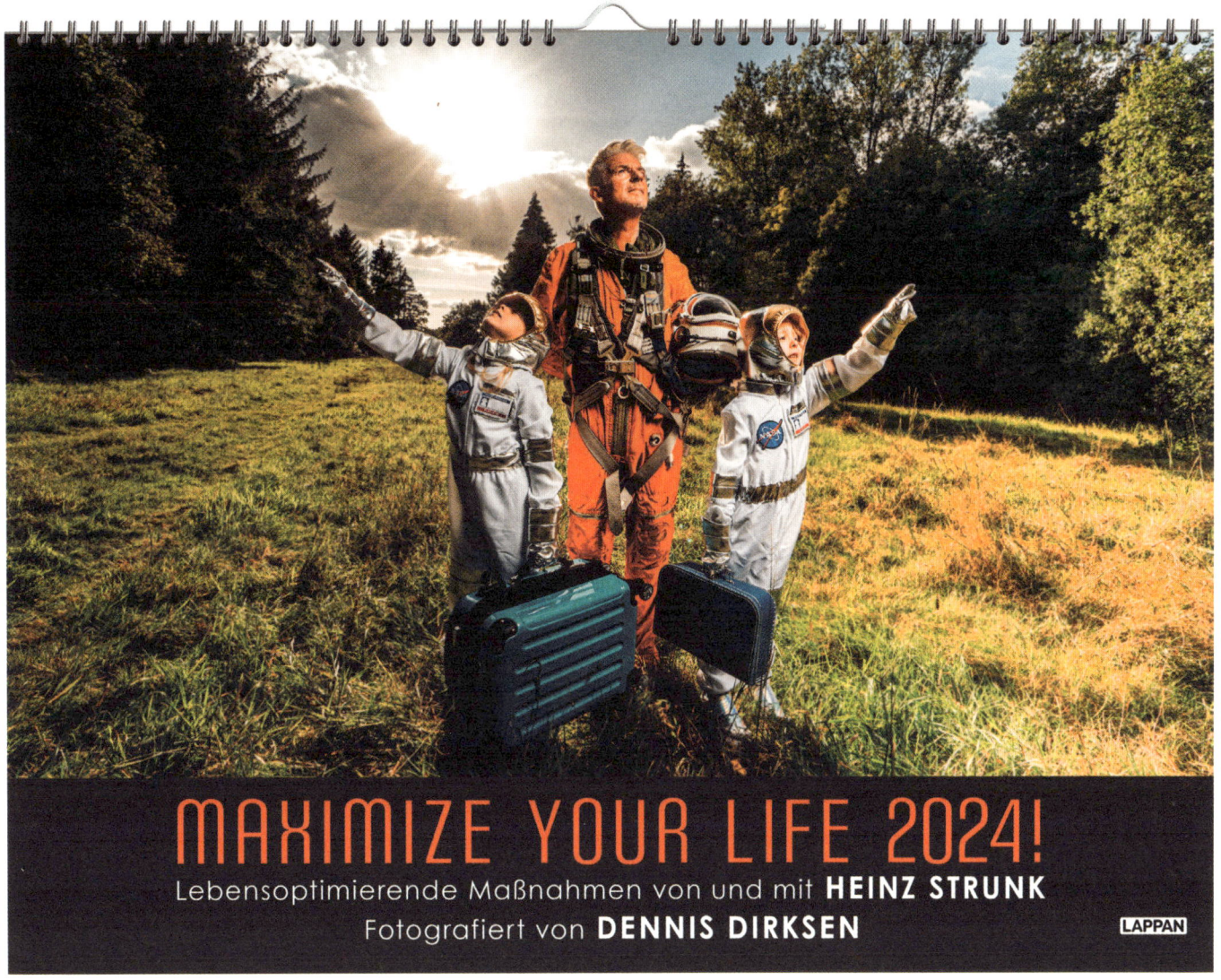

ISBN 978-3-8303-2063-0

Verschlanke deine „daily routines",
perfektioniere dein Zeitmanagement,
vervollkommne deine Work-Life-Balance!
Jetzt neu mit stark verbesserter
Heinzimize-Formel!

Ab sofort erhältlich im gut sortierten Buchhandel und unter
www.lappankalender.de